아버지가 서 계시네

황금알 시인선 139
아버지가 서 계시네

초판발행일 | 2016년 12월 24일
2쇄 발행일 | 2017년 4월 19일

지은이 | 이종문
펴낸곳 | 도서출판 황금알
펴낸이 | 金永馥
선정위원 | 김영승 · 마종기 · 유안진 · 이수익
주간 | 김영탁
편집실장 | 조경숙
표지디자인 | 칼라박스
주소 | 03088 서울시 종로구 이화장2길 29-3, 104호(동숭동, 청기와빌라2차)
물류센타(직송 · 반품) | 100-272 서울시 중구 필동2가 124-6 1F
전화 | 02)2275-9171
팩스 | 02)2275-9172
이메일 | tibet21@hanmail.net
홈페이지 | http://goldegg21.com
출판등록 | 2003년 03월 26일(제300-2003-230호)

값은 뒤표지에 있습니다.

ISBN 979-11-86547-50-2-03810

*이 시집은 2015년 한국문화예술위원회 아르코문학창작기금의 지원을 받아 발간
  되었습니다.

아버지가 서 계시네

이종문 시집

황금알

　일면식도 없었던 김영탁 시인으로부터 시집을

내자는 난데없는 제안을 두 번이나 받았다. 돌아

보면 모두 쭉정이들뿐인데 미안하고도 고마운 일

이다. 여기저기 기웃댈 것 없이 황금알에다 다섯

번째 시집을 맡기기로 했다.

　　　　2016년 예순 셋 가을 영무헌迎舞軒에서

　　　　　　　　　　　　　　이종문

차 례

2부

3부

4부

1부

계엄군을 투입하라

화물연대 부산지부가 총파업을 선언하여
이른 바 물류대란이 코앞에 다가오자
급해진 중앙 정부가 공권력을 투입했다

고료도 없는 시를 매일 써온 시인들도
드디어 총궐기 해 총파업을 선언하고
당분간 시 짓는 일을 일체 작파키로 했다

뭐라고? 그래 봤자 눈도 깜짝 않는다고?
천만에, 그럴 리가? 다급해진 대통령이
공권력 투입한다며 으름장을 놓겠지 흥,

이 놀라운 사태 앞에 경악한 대통령이
국가적 위기라며 계엄령을 선포하고
정말로 계엄군들을 투입하게 될지 몰라

그래 부디 그 계엄군을 투입하라, 투입하라
시인들이 작파를 해도 공권력을 투입하는
기차고 신명 난 세상, 그게 꿈이니까 얼쑤!

그것 참 희한하네

등이

가렵다 하여

마누라 등 긁다 보면

멀쩡턴 나의 등이 슬슬 간지러워 와서

마누라 손을 빌리네

아 그것 참

희한하네

깨가 쏟아지게 살게

익어 간다는 것은 매 맞을 날 온다는 것
익기가 겁이 나네, 매 맞기가 무섭다네
하지만 매를 맞아야 깨가 쏟아지는 것을

그래, 익자 익자, 매 맞을 날 기다리며
어차피 맞을 거면 속 시원히 맞고 말자
아무렴 사랑의 맨데 고까짓 거 못 맞을까

우와! 때가 왔다, 와 이렇게 좋노 몰라
어르듯이 달래듯이 찰싹찰싹 때려다오
깨알이 찰찰 쏟아져 깨가 쏟아지게 살게

어느 가을날

엎어놓은 요강단지, 그 밑에도 볕이 드는

참 명징한 가을날에 개미 새끼 한 마리가

암 병동 천장 위에서 어디론가 가고 있다

가다가, 좌로 돌고, 우로 돌고, 망설이다

유턴을 하고 난 뒤, 영천으로 향(向)을 잡고

임고면 서원 마을을 물어보는… 시늉이다

이럴 때는 우는 기다

무덤에 절을 하는데 붉고 환한 것이 어려

무심코 고개 드니 온 천지간 노을이다

이 세상 된장 고추장 다 처발라 놓았다

오래, 오래도록, 미친 놀을 보시다가

흑, 흑, 흐느끼며 우리 엄마 하시는 말

야들아 다들 울어라, 이럴 때는 우는 기다

곡哭!

더 큰 세상에서 더 큰 일을 하고 싶어 콩알보다 작은 섬에서 통통배를 집어타고, 육지에 발을 디뎠던 한 소년이 있었다

그는 계란으로 바위 치는 일을 맡아 더러는 놀랍게도 바위를 깼었지만, 바위에 무참하게도 깨어지기 일쑤였다

이제 달을 보며 파도 소리 듣고 싶어 그 옛날 통통배 타고 그 섬으로 돌아가는, 일흔 살 소년 앞에다 꽃 한 송이 놓고 곡哭!

킬링트리 killing tree

요다음 세상에선 꼭 나무가 되고 싶어
참 오랜 기도 끝에 나무로 태어났다
내 꿈을 이루기 위해 무럭무럭 자랐다

나의 그늘 아래 아이들이 뛰어놀고
내 둥치에 등을 대고 엄마가 젖을 줄 때
나는야 꿈을 이뤘다, 뜀박질을 하였다

그런데 난데없이 떼 악마가 나타나서
아이들 발목을 잡고 마구 빙빙 돌리다가
내 몸에 머리를 툭 쳐, 구덩이에 던졌다

안 돼~, 안 돼 안 돼, 미친 듯 절규했다
분노했다, 통곡했다, 몸부림쳐 거부했다
하지만 나는 뿌리를 땅에 박은 나무였다

이제 난 공범이다, 아이들을 떼로 죽인,
정말 끔찍하고도 치 떨리는 죄를 짓고
가슴에 킬링트리라는 이름표를 달고 산다

* 킬링트리: 캄보디아의 킬링필드killing fild에 있는 나무. 크메르 루즈들이 어머니가 보는 앞에서 이 나무의 둥치에다 수많은 아이들의 머리를 쳐 죽인 데서 유래한 이름임.

지팡이 톡, 부러지네

곧장
땅에 누워
땅이 될
할머니가
땅에다
지팡이 짚고
땅을 밟고
버티면서
그 땅과 맞장 뜨는데
지팡이 톡,
부러지네

저만치

밤새도록 운동장에 소복소복 쌓인 눈을
순애가 밟으면서… 저만치 가고 있다
세상은 온통 눈 천지, 순애밖에 없었다

순애의 발자국마다 내 발자국 맞추면서
순애와 같은 속도로 가만가만 따라가다
순애가 딱 멈춰 서면 나도 딱 멈춰 섰다

순애가 홱 돌아서서 문득 나를 바라보면
얼굴이 홍당무 된 채 먼 산만 쳐다봤다
순애와 나의 거리는… 늘 저만치 였었다

봄날

참 환한
봄날일세
말똥구리 한 마리가

말똥을
뒤범벅 해
구슬 하나 만들고서

고것 참
귀엽네, 하며

들다 보고
있는,

봄날!

참 환한
봄날일세
말똥구리 한 마리가

지구를
받침대 삼아
그 우주를 굴리다가

참말로
향기도 좋네

코를 대고
있는,

봄날!

이제 대강 알 것 같네

어릴 때 그 우람턴 동구나무 그늘 아래 하얀 모시옷 입고 흰 수염을 나부끼며, 흰 구름 바라보시던 우리 동네 어르신들

저 하늘 밖 이치까지 환하게 다 꿰뚫었을 그 신선 같은 분들 담소談笑를 나눌 때면, 그 무슨 고담준론高談峻論인지 그게 정말 궁금했네

내 환갑을 넘고 보니 이제 대강 알 것 같네 허리가 아프거들랑 동원한약방에 가고, 천식엔 마늘을 구워 먹어보란 얘기였네

그 절반을 잘라주게

시인 아무개가 어느 날 나를 보고 노벨 문학상을 타면 국밥을 사라기에

상금을 싹둑 잘라서 반을 주겠다고 했네

글쎄 그랬더니 그가 손사래를 치며 국밥 한 그릇이면 그것으로 됐다 하네

그 대신 시조時調 상 타면 그 절반을 갈라주고…

정말 도분이 나서 그렇게는 못하겠고 그 노벨 문학상을 내 기어이 타야겠네

상금을 싹둑 잘라서 그 절반을 잘라주게…

아 이거야 나 원 젠장!

끈 떨어진 옛 친구에게 시집 한 권 붙이려고 근무하는 회사에다 전화를 걸었더니, 녹음된 코맹맹이의 아가씨가 나온다

뭐는 1번, 뭐는 2번, 뭐는 3번, 뭐는 4번, 5·6번, 7·8번은 제 각각 뭐라는데, 몇 번을 눌러야 할지 도무지 모르겠다

3번을 눌렀더니 4번으로 하라 하고 4번을 눌렀더니 7번으로 하라기에, 전화를 다시 걸어서 7번으로 눌렀다

7번 아가씨에게 연락처를 물었더니 개인정보 보호법에 어긋나는 일이라서, 가르쳐 줄 수 없단다, 아 이거야 나 원 젠장!

눈이라도 감고 죽게

나는 작은 멸치, 너는 참 잘난 사람
너여! 나의 몸을 낱낱이 다 해체하라
머리를 똑 떼어내고 배를 갈라 똥을 빼고

된장국 화탕지옥에 내 기꺼이 뛰어들어
너의 입에 들어가서 피와 살이 되어주마
그 대신 잘난 사람아 부탁 하나 들어다오

두 눈을 시퍼렇게 뜨고 있는 내 머리를
제발 대가리라 부르지는 말아주고
뜰에다 좀 묻어다오, 눈이라도 감고 죽게

숨을 쉰다는 것

북극해 얼음 밑에 살고 있는 바다표범
수시로 숨구멍에다 콧구멍을 들이밀고
큰 숨을 들이켜 쉰다, 안 그러면 죽으니까

얼음 위 북극곰이 참 용케도 그걸 알고
바다가 꽁꽁 얼면 제 이마를 쿵쿵 찍어
숨구멍 뚫어놓고서 마냥 기다리고 있다

표범이 숨구멍에 콧구멍을 들이밀면
북극곰이 득달같이 아 냅다 달려들어
한바탕 잔치를 한다, 피 칠갑을 하는 잔치

표범도 다 알지만 곰이 기다리는 것을,
목숨을 걸지 않으면 그 목숨을 잃는 터라
에라이, 숨을 쉬려다 숨이 멎는 것이다

산의 품에 폭 안겼다

강 씨는 등산가였다, 이두박근 불끈 솟은

백두대간 그 큰 산들 열다섯 번 종주했고

몽블랑, 아콩카과도 낱·낱이 다 정복했다

히말라야 십사좌座를 다 오르진 못했지만

그 중에 대여섯 개는 그의 발에 짓밟혔다

언젠가 다 짓밟는 것, 그게 꿈이기도 했다

하지만 동네 뒷산도 더 이상은 못 올랐다

마지막 등행을 할 땐 상두꾼과 함께 가서

하산을 하지 못한 채 산의 품에 폭 안겼다

2부

니가 와 그카노 니가?
— 민달팽이 하시는 말

니가 하마터면 날 밟을 뻔 하고서는 엄마아~ 비명 치
며 아예 뒤로 넘어가데

죽어도 내가 죽는데 니가 와 그 카노 니가?

느낌표를 찍을 일이
— 갑일 아침에

달팽이 뿔 위에서 무슨 일로 다툴 건가
돌과 돌 맞부딪혀 스파크가 '번쩍!' 할 때
삶이란 그 '번쩍!' 하는 그 불빛과 같은 거라*

그래 그 '번쩍!' 하는 그 찰나가 삶이라면
그 가운데 '번쩌'까진 이미 죄다 지나갔고
마지막 기역 자 쓰는, 그게 겨우 남은 건가

아니지, 그러고도 더 큰 일이 남아 있지
이 세상 가슴 가슴에 바위가 쿵, 떨어지는
그 무슨 천둥과도 같은 느낌표를 찍을 일이

* 백거이의 시 「對酒」의 "蝸牛角上爭何事 石火光中寄此身"을 변용.

중복中伏

　찌그러진 깡통이라도 어디 눈에 띄기만 하면 발로 툭, 말아 올려 냅다 걷어차고 싶은,

　하지만 그런 깡통도 마실 가고 없는 중복.

누이 좋고 매부 좋고

내 키가 쑥쑥 크면
내 발목이 잘릴 줄을
나도 물론 알고 있다
그런데도 쑥쑥 큰다
발목을 머리로 삼아
다시 크면 된다, 된다

나의 피, 나의 살이
정구지 김치 되고
그 뜨거운 철판 위에
휘영청 달이 뜰 때
신명 난 젓가락 소리
그 소리가 너무 좋다

자 이제 내 발목을
삭둑삭둑 잘라 다오
자르면 자를수록
내 목숨은 더 푸르고
이 세상 신명 나 좋고
누이 좋고 매부 좋고

뭐라예?

뭐라예?
제 이름이
오랑캐 꽃이라예?
도대체 오랑캐가 저와 무슨 상관이죠?
아 글쎄 제가 왜 하필
오랑캐꽃
이냐고예?

뭐라예?
제가 필 때
오랑캐가 쳐들어와
그래서 제 이름이 오랑캐꽃 이라고예?
세상에, 뭐 이런 일이?
그마 폴짝
뛰겠네예

뭐라예?
세상 일이
다 그런 거라고예?

콩 심은 데 콩 나는 걸 본 적이 있냐고예?
안 될따, 오랑캐들아
확 쳐들어
와뿌소 마

* 옛날 오랑캐가 쳐들어올 무렵에 피었다는 이유로 제비꽃을 오랑캐꽃이라
　부른다는 전설이 있음.

눈 풍년이 들었더래

하늘에서 살고 있던 큰 함박눈 한 송이가 사람이 사는 세상 고요히 굽어보니 내 고향 영천 고을이 참 살기가 좋은 거라

옳거니, 저 고을에다 눈 세상을 만들어서 널리 인간들을 이롭게 하자 싶어 가만히 뛰어내렸어, 가만가만 내렸어

하늘에 함께 살던 그 눈송이 친구들이 같이 가, 같이 가, 하며 일제히 뛰어내려 다음 해 영천 고을에 눈 풍년이 들었더래

다 고갈된 것이네

정식이 아버님의 난데없는 부음을 듣고
천 리 밖 낯선 도시 영안실을 찾았다가
고향의 불알친구와 아예 동창회를 했네

삶은 돼지고기에다 깡 소주를 퍼마시며
눈치 없이 상가에서 시끌벅적 떠들다가
제발 좀 자주 만나자 다짐하고 헤어졌네

하지만 참 오랫동안 통 만나지 못하다가
순이 엄마 장례식 때 극적으로 상봉했고
그 후로 줄초상이 나 뻔질나게 만났다네

하지만 지금은 다시 적막강산 절간일세
누군가 세상을 떠야 만날 길이 열리는데
목숨을 바칠 사람이 다 고갈된 것이네

봄날

봄날이다
문진표 들고
건강검진 가는 봄날
미친 벚꽃들이 팝콘을 터뜨려서
아침을 쫄쫄 굶어도
배고프지
않은
봄날!

명품
핸드백에
채변통을 담고 오는
백목련 여 교수를 병원 어귀에서 만나
슬며시 미소 지으며
눈인사만
하는
봄날!

봄날이다

백목련이
꽃잎을 터뜨려도
대장 내시경을 일단 한번 하고 나면
구겨서 내동댕이친
휴지 쪽이
되는
봄날!

폭포

천둥

번개의 아들

장대비로 쏟아져서

첩첩 산 첩첩 골을 치고박고 내달리다

에라이 뛰어내린다.

품에

어머니를

안고

날 쳐다보지, 한다

나는 죽고 나서, 꼭 합장을 하고 싶다
그런데 내 아내는 합장만은 안 된다며
한사코 쌍분을 하여 다른 방을 쓰잔다

내 하도 섭섭해서 달래보고 을러 봐도
자기 방 하나만은 꼭 있어야 겠다면서
굴 하나 뚫어놓고서 오고 가며 살잔다

굴까지 뚫어가며 와 그라노? 따졌더니
몰래 화장이라도 곱게 하고, 기다려야
바람을 아니 피우고 날 쳐다보지, 한다

삶은 고구마를 들고

딩동~
벨이 운다
아직은 이른 아침
보나마나 이웃집에 혼자 사는 할머니가
외아들 찾아달라고
오신 것이
분명하다

정말
보고 싶어
미치겠다 하시기에
휴대폰 검색을 통해 찾아준 후로부터
닷새에 한두 번 꼴로
아들 찾아
오신다

하도나
안쓰러워
'인물정보' 속에 있는

그 잘 난 아들 사진을 그 때마다 찾아주면
내 아들, 내 아들 하며
연신 볼을
부빈다

밤이 꽤 깊었는데
딩동~
벨이 운다
보나마나 이웃집에 혼자 사는 할머니가
외아들 보러 오셨다
삶은
고구마를
들고

만세라도 부를 듯이

앞앞이 한숨이고, 구석구석 눈물뿐인
자식조차 못 낳아본 작은 엄마 가시는 길
좀처럼 죽지 않아서 죽을 고생까지 했네

죽여도고, 죽여도고, 제발 좀 죽여도고
정말 애원을 하며 달포를 뒹굴어도
아무도 죽고 싶은 이 죽여주지 못했다네

급기야 작은 엄마 젖 먹었던 힘을 다해
내 손을 꽉 잡고서 사지를 다 부르르 떨며
죽여줘~, 몸부림치다 뒤로 넘어가셨다네

콩죽 같은 땀방울이 몸을 흠뻑 적셨지만
묶였다 풀려났는가, 표정만은 환했다네
드디어 살았다 하며, 만세라도 부를 듯이

세상에!

그것참
희한하네
그 조그만 구멍에서
앞발이 나오더니
몸뚱이가 나오더니
뒷발이 빠져나오니
송아지네
세상에!

이윽고
그 송아지
뒤뚱뒤뚱 일어나서
거기가 거긴 줄을
대체 어찌 알았는지
어미의 젖꼭지 물고
젖을 빠네
세상에!

무심코

무심코
대추 하나
와락,
깨물었죠

벌레
한 마리가
어쩔 줄을
모르데요

우주가
천둥을 맞고
두 동강이
났거든요

아예 중이 됐지 뭐야

출가 전 고송古松 스님 팔공산에 올랐다가

파계사 관음보살께 절을 하고 돌아서니

땅거미 울컥 밀려와 할 수 없이 절에 잤어

다음 날 밥을 주기에 밥값이나 하자 싶어

그 큰 절 그 큰 마당 낱낱이 다 쓸었더니

캄캄한 밤이 또 왔어 자지 않고 어쩌겠어

자고 나면 밥을 주고… 밥값은 해야겠고

날이 또 저물어오니 도리 없이 자야겠고…

밥값을 안 할 순 없고, 아예 중이 됐지 뭐야

* 정법안 시인의 『스님의 생각』에 수록된 고송 스님 출가담을 토대로 씀.

하늘

참

푸른

하늘이다

벼슬이 빨간 수탉

돌연 꼬꼬댁 꼭꼭 푸더더덕 홰를 치며

지붕에 날아올라서

뒷짐 지고

쳐다

보는,

그날

수능이 끝나자마자 완전 해방구가 되어

교과서, 문제집들을 내동댕이치는 통에

수거차 두서너 대가 오락가락하던 그날

가수 짱 아싸디야가 쿵 추락해 나뒹굴자

오빠부대 300여명이 일시에 졸도했고

그 중에 50여명은 병원으로 실려 갔다

급기야 한 여학생은 자살을 해 버렸다

오빠가 다쳤는데도 도와 줄 길이 없어

너무도 속상하다는 유서만 딱 남겨놓고,

3부

아버지가 서 계시네

순애야~ 날 부르는 쩌렁쩌렁 고함 소리
무심코 내다보니 대운동장 한복판에
쌀 한 말 짊어지시고 아버지가 서 계셨다

어구야꾸 쏟아지는 싸락눈을 맞으시며
새끼대이 멜빵으로 쌀 한 말 짊어지고
순애야~ 순애 어딨노? 외치시는 것이었다

너무도 황당하고 또 하도나 부끄러워
모른 척 엎드렸는데 드르륵 문을 열고
쌀 한 말 지신 아버지 우리 반에 나타났다

순애야, 니는 대체 대답을 와 안 하노?
대구에 오는 김에 쌀 한 말 지고 왔다
이 쌀밥 묵은 힘으로 더 열심히 공부해래

하시던 그 아버지 무덤 속에 계시는데
싸락눈 내리시네, 흰 쌀밥 같은 눈이
쌀 한 말 짊어지시고 아버지가 서 계시네

우리 담임 아잉교

강원도 설악산에 수학여행 따라가서
숙소 이탈하여 연애하는 놈을 잡아
한바탕 호통을 치며 불호령을 내렸것다

"너 임마 이름 뭐야? … 너 이 자식 몇 반이지? … 담임 쌤, 누구야 응?…. 어? 이놈이 대답 안해?"

"… 선쌤예, … 선쌤이 바로… … 우리 담임 아잉교"

가장 행복했던 순간!

참 눈부신 날이었네, 일곱 살 꼬마 아이

아빠의 목마를 타고 동물원에 가던 날은

하늘이 참말로 높고 땅은 정말 넓었다네

진짜 진짜 희한했네, 동물원의 코끼리가

코로다 돌을 집어서 허공으로 내던질 때

세상엔 깜짝 놀랄 일 참 많겠다 생각했네

그 돌을 얻어맞고 채 비명도 못 지른 채

꼬마가 절명한 것도 깜짝 놀랄 일이었네

아빠의 목마를 타고, 가장 행복했던 순간!

깨고 나니 의자 위데

기나긴 사다리를 평생 뚝딱거려 봐도 구름에 가 닿기엔 아직 너무나도 짧아 아찔한 벼랑에 걸치고 후들후들 올라갔어

그 벼랑 맨 꼭대기에 사다리를 끌어올려 구름에다 걸쳐놓고 아슬아슬 오른 뒤에 들입다 그 사다리를 세상으로 걷어찼어

흰 구름 이불 속에 벌렁 드러누운 채로 두 팔을 베게 삼아 드렁드렁 코를 골며 한 사날 잠을 푹 잤어… 깨고 나니 의자 위데

민들레꽃 피는 강가

겨우
스무 살 먹은
영국의 한 시인이

고작
쉰 번 밖에
봄을 볼 수 없다면서

아 그냥
벚꽃을 향해
종종걸음쳤다 하네*

낼 모레 아흔인 엄마
몇 번 더
봄을 볼까?

당장
리어카에

우리 엄마 태우고서

강가에 나가야겠네
민들레꽃
피는 강가

* 하우스먼의 「나무 중에 제일 예쁜 나무, 벚나무」에서.

가슴이 철~렁, 한다

고향에서 갓 돌아온 한 새내기 여학생이

거대한 수박 하나를 품에 겨우 안고 와서

내 품에 덥석 안긴다, 가슴이 철~렁, 한다

수박 밭에 수박들이 이리 저리 뒹굴기에

혹시라도 들킬까 봐 간이 팔딱, 뛰는 데도

무작정 따 왔다 한다, 가슴이 철~렁, 한다

우주의 중심

영천 임고초등학교

그 거대한

숲 속에서

꼬맹이 아이들이

시소를 타고 있다

우주의 중심이 문득,

왔다 갔다

하고 있다

나름 꽃도 피워가며

뻐꾹채 못될 바엔 엉겅퀴가 될 일이고
엉겅퀴 못되어도 지칭개는 되어야지
왜 하필 조뱅이냐고?
그건 나도 모른다고

산 좋고 물도 좋은 하고 많은 땅을 두고
흙먼지 풀풀 나는 비포장 도롯가에
왜 하필 거기 사냐고?
그건 나도 모른다고

장마철 비가 오면 얼씨구나 춤을 추다
지나가는 트럭에게 흙탕물을 덮어 써도
그래도 살고 있다고,
나름 꽃도 피워 가며

* 뻐꾹채, 엉겅퀴, 지칭개, 조뱅이: 모두 국화과에 속하는 풀꽃들이나 뒤로
  갈수록 꽃송이가 작고 볼품이 없음.

복어

날 잡아먹지 마라, 내 몸속엔 독이 있다
사람 대여섯 명이 한꺼번에 넘어가는
정말로 지독한 독이, 아주 치명적인 독이

세상에, 천지를 모르고, 깨춤을 춘다더니
나야 물론 죽겠지만 너도 곧 죽을 텐데
복어국 한두 그릇에 네 목숨을 걸지 마라

그래도, 기어이 나를, 나를 잡아먹겠다고?
죽지 뭐, 죽어 주께, 어디 잡아먹어 봐라
느그 집 식구 대여섯, 함께 골로 갈 테니까

'위험'에다 발을 딛고

'지뢰'나
'위험' 같은
낱말들을 알 리 없다

물총이나
쏘며 노는
저 천진한 물총새는

'지뢰밭
위험' 표시도
그 물론 알 리 없다

하여
저 강물을
이글이글 싸지르는

미치고 환장할 놀, 그 불티에 취해 있다

'지뢰밭 위험' 표시의

'위험'에다
발을
딛고

다시 그 배를 생각함

흥남 철수 때다
그 아비阿鼻
그 규환叫喚 속
정원 쉰아홉에 만사천을 태운 배가
사흘 뒤 거제 항구에
무사히 가
닿았다

내릴 때 인원파악을
다시 해 보았더니
모두 만사천 다섯, 다섯이 더 많았다 한다
그 사흘, 그 북새통 속
햇빛을 본

목숨
다섯!

참 놀라운
일이었다

도무지 믿지 못할
'기적의 배'라 했다, 설명이 불가능한
그 배를 하느님께서
모셨다는 말도 있다

하지만
더 이상의
찬양일랑 않을란다
정말 기적적으로 일어나는 그 기적에
목숨을 몽땅 내맡긴
어처구니없는
그 배!

* 그 배: 6·25 전쟁이 한창이던 1950년 12월 중공군의 개입으로 인한 흥남
  철수 때, 정원 59명에 피난민 14,000명을 태워 자유의 땅에 인도함으로
  써 '기적의 배'로 불리는 미국 화물선 메레디스 빅토리호! 이 배는 단 한
  척의 배로 가장 많은 인명을 구한 기록으로 기네스북에 오르기도 했음.
* 아비阿鼻, 규환叫喚: 불교에서 말하는 지옥 이름들.
* 1-2수: 졸시「그 배를 생각함」.

도다리 회 묵고 있네

그것 참, 연동 영감 산에 가서 누웠는데

연동댁은 시장에서 사바사바 하고 있네

아랫 마 문어장수와 사바사바 하고 있네

세상에, 연동 영감 산에 가서 누웠는데

복사꽃 환한 봄날 연동댁은 회를 묵네

아랫 마 문어장수와 도다리 회 묵고 있네

반지

푸세식 변소에서 일을 보던 띵보 영감

아뿔싸, 똥통에다 반지를 빠뜨렸네

손으로 건지려다가 똥통 위에 엎어졌네

반지가 그 바람에 똥통 밑에 가라앉자

똥물을 다 퍼내고서 기어이 찾아내어

며느리 구박턴 손에 다시 끼고 다녔다네

지난 봄 영감쟁이 불구디에 드가더니

한 움큼 재가 되어 뒤로 폭삭 주저앉고

반지는 며느리 귀에 샛별 되어 걸렸네

안아보지 않을 테니

바름과 진실함이 어떻게 다르냐고?

예쁜 여학생 보면 안고 싶은 것은 진실,

그래도 안지 않는 것, 그게 바름 아이가

선쌤도 예쁜 여학생 안아보고 싶으세요?

천만에, 라고 답하면 진실은 아니겠지

하지만 걱정하지 마, 안아보지 않을 테니

나도 역시 동참했다

차들이 강물을 이룬 이른 아침 출근길에
미꾸라지 배달 차가 팽나무를 들이받고
와장창 뒤집어졌다, 팽나무도 작살났다

찰나에 도로 전체가 미꾸라지 강이 됐다
그 강물에 승용차들이 그대로 돌진했다
아무도 멈추지 않았고 멈출 수도 없었다

바퀴에 짓밟힌 놈을 짓밟고 또 짓밟고
으깨지고 또 으깨져 다 도로가 돼버렸다
바로 그 도로공사에 나도 역시 동참했다

참 용케도 아수라장을 탈출한 미꾸라지는
그 주변 아낙네들이 비닐에다 잡아갔다
저녁땐 추어탕 냄새 온 동네에 진동켔다

소

문득

황혼 무렵

그 소가

생각난다

찾아

이 산 저 산

다 헤매다

돌아오면

어느새

먼저 돌아와

움모~, 하고

울던 소

4 부

아마 그런 뜻인 갑다

좀 다급한 일이 있어 후닥닥 나갔더니 앞집 아가씨의 뒤태가 보였는데 이십 층 승강기 문이 그만 왈칵 닫힌다

어찌할 수가 없어 한참을 기다리다 내려가서 자동차에 시동을 걸려 하니 열쇠를 안 가져 왔다, 우와 이거 열 받겠다

돌아가니 승강기는 이미 올라가고 있고, 돌아오니 승강기는 이미 내려가고 있고, 돌아온 승강기 타니 층층마다, 다 선다

신호등도 하필이면 붉은 등에 죄다 걸려 천신만고 끝에 학교에 도착하니 이번엔 연구실 키를 입던 옷에 두고 왔다

이 세상 모든 꽃들 아예 지랄발광인데 바쁜 척하지 마라 아마 그런 뜻인 갑다, 차라리 잘됐다 그래, 꽃놀이나 가자 야호!

봄날

봄날이다

놀랍게도 보도블록 틈 사이로 그 무슨 기적같이 갓 돋
아난 새싹들을 품꾼이 호미 끝으로 팍팍 긁어내는

봄날!

부부

그대는 거대한 자석 나는 작은 못이다가

나는 거대한 자석 그댄 작은 못이다가

결국은 그대가 자석 나는 작은 못대가리.

웃지 말라니까 글쎄

시인 이중기 형의 양아버지 되는 분은 삼사 대 양자 집에 또 양자로 들어가서 세상에 딸-딸-딸-딸-딸, 딸 다섯을 낳았다요

미치고 환장하고 애간장 탄 그 어른이 용하다는 점쟁이께 점을 치러 갔는데요, 이사를 하지 않으면 아들 수數가 없다 네요

급기야 이사를 해 또 딸 셋을 내리 낳고 아들아들 손비비며 아홉째를 낳았는데, 아 글쎄 딸 쌍둥이가 튀나왔다 카더라요

눈물로 온 집안이 뒤범벅 되었는데 내 일이 아니라고 호호 하하 웃지 마요, 그래도 자꾸만 웃네, 웃지 말라니까 글쎄

저 장엄한 소멸 앞에

천근千斤
미친 놀이
왈칵, 밀어닥친 저녁

꼬부랑
할머니가
유모차에 개를 싣고

금호강 고수부지를
가다 서다
걷는다

개는
강물 위의
타는 놀에 취해 있고

문득 할머니도
아득히
취해 있다

천지간 화엄 만다라
저 장엄한
소멸 앞에

눈이 오시던 날

월악산月嶽山 그 첩첩 봉峰에 눈이 펄펄 오시던 날 그 무슨 산짐승처럼 이 골 저 골 헤매는데, 오두막 한 채가 있었네, 함박눈을 뒤집어쓴

그 오두막 마당가에 한 사내가 뒷짐 지고 입을 딱 벌린 채로 그 큰 산을 쳐다보고, 그 사내 호주머니엔 아내 손이 들었네

사내의 그 벌린 입에 눈이 자꾸 들어가고 아내의 눈썹 위엔 눈이 소복 쌓였는데, 그래도 눈은 오시고 그 눈을 또 맞으시네

품에 푸른 사슴 안고

초간본 청록집靑鹿集을 품에 안고 돌아온 날 하도나 좋은 가을 어디 가서 울고 싶어

돌밭에 나가 울었네, 품에 푸른 사슴 안고,

그 나무가 자살했다

강원도 정선 고을 첩첩 산 첩첩 골에
천삼백 살이나 먹은 참 우람한 소나무가
시퍼런 기를 뿜으며 시퍼렇게 살아왔다

군郡 관광 상품으로 개발을 하기 위해
첩첩 산 첩첩 골까지 길을 내어 포장하고
손님을 받으려는데 그 나무가 자살했다

저 천기를 호흡하며 내 이렇게 살았는데
아 글쎄 내가 무슨 동물원 원숭이가?
차라리 죽지 뭐 하고, 숨을 끊은 것이다

저런!

대만 충렬사 정문 참 잘 생긴 경위병과
그 옆에 못생겨도 참 못생긴 경위병이
그 무슨 마네킹처럼 눈도 깜짝 않고 섰네

잘 생긴 위병 옆엔 아가씨들 줄을 서서
사진을 찍는다고 북새통을 이루는데
못생긴 위병에게는 파리 떼만 오고 가네

그런데 내 막내딸 그 못생긴 위병 옆에
환하게 웃으면서 포즈를 잡고 있네
내 딸 참 참하게 컸네, 마음씨도 곱다 했네

그런데 세상에나! 그런 것이 아니었네
잘 생긴 위병과는 이미 몇 장 찍어뒀고
못생긴 위병이 불쌍해 한번 찍어 줬다 하네

게다가 카메라가 그 디지털 방식이라
마음에 들지 않으면 삭제하면 된다면서
정말로 버턴을 눌러 삭제하고 마네, 저런!

왜 이래

큰 산도
옆에서는
높은 줄을 모르듯이

마누라
이제 나도
알아주는 시인이야

함부로
말하지 마라
이거 정말 왜 이래

우와
대단하네
알아주는 시인이니

하지만
이 양반아

나는 어디 입이 없나

그 잘난 시인 마누라
바로 나야
왜 이래

피라미를 바라본다

그 무슨 사색에 잠긴 고매한 철인처럼 백로 한 마리가
저 먼 산을 바라본다
산 너머 흰 구름 너머, 그 너머를 바라본다

하지만 그의 시선은 피라미를 향해 있어 무시로 대가
리를 물에 첨벙 들이밀고 꿀꺼덕 잡아 삼킨다, 모가지가
꿈틀, 한다

요즈음 대학가에도 백로 떼가 늘고 있다
진리와 정의에 대해 열변을 토하다가도 내년도 연봉
등급에 눈 빨개진 백로 떼다

그 백로 떼를 향해 '문아~' 하고 불러보면 경상도 영천
출신의 까만 백로 한 마리가 얼굴이 홍당무가 되어 슬며
시 손을 든다

그 무슨 사색에 잠긴 고매한 철인처럼 백로 한 마리가
저 먼 산을 바라본다
산 너머 흰 구름 너머 피라미를 바라본다

아가리를 딱 벌리고

정말

오랜만에

고향에 들렀더니

동구 밖 산에 들에 온통 포클레인 떼다

대가리 높이 쳐든 채

아가리를

딱 벌리고

그래도 안 갈 끼가?

어버이 '친親'자를 써놓고 가만히 살펴보면
나무 위에 올라서서 보는 이가 어버이다
집 떠난 아들딸들이 하마 오나 보는 이가

마당에서, 대문에서, 한 길에서 기다리다
급기야 동구나무 제일 꼭대기에 올라
짧은 목 길게 빼고서 이리 중얼대는 이가

"안 오면 섭섭냐고? 나 하나도 안 섭섭해
어릴 때 재롱 보며 참 많이도 웃었잖아
그 옛날 그 재롱 값을 아직 반도 못 갚았어

게다가 이 난세에 내 맘대로 떨궜으니
쌀 양파, 고추 마늘, 철철이 다 부쳐줘도
그 죗값 다 못 갚았어, 영영 죄다 못 갚겠어

보고 싶지 않으냐고? 그야 물론 보고 싶지
애간장 죄다 타고 미치도록 보고 싶지
하지만 섭섭진 안 해, 아직 빚이 너무 많아"

내일모레 설날에는 우리나라 어버이들
설한풍 속 동구나무 맨 꼭대기 위에 올라
이렇게 중얼대신다, 그래도 안 갈끼가?

고작 거기까지였네

핀 지 백 일 째 되는 목백일홍 꽃잎처럼
난데없는 부도 맞고 사색이 된 내 친구가
돈을 좀 꿔 달라 하네, 그래 꿔주기로 했네

백만 원, 이백만 원, 삼백만 원 꿔달랄 땐
꿔줬네, 그 즉석에서 웃으면서 다 꿔줬네
첨부터 받을 생각은 아예 하지 않았다네

하지만 그 다음 번에 천만 원을 부탁하자
한참을 망설이다가… 에라 그래 꿔줬다네
그 돈에 사십년 정을 깨고 싶진 않았다네

급기야 얼마 후에는 이 천으로 돈이 뛰자
며칠을 괴로워하다… 거절하고 말았다네
돈 앞에 뜨거운 우정도 고작 거기까지였네

하관下棺

풀잎 끝

이슬 하나

투욱,

떨어진다.

들판에

쿵 – 하고

천둥이 내려앉고

지축이

요동치다가

이윽고

고요하다.

새로 부르는 서동 노래

내 나이 열아홉 살 때 이웃 마을 처녀에게 한눈에 반해
이 수작 저 수작 다 걸어 봐도 눈길조차 한 번 안 주는
거라

에라이 도분이 나 옛날 두건장이가 '임금님 귀는 당나
귀 귀' 라고 외쳤다는 도림사 대숲으로 냉큼 달려가 '순
애는 내 꺼다, 순애는 내 꺼다, 제일여상 다니는 순애는
내 꺼다' 하고 목청이 터지거라 외쳐댔더니, 대숲이 바람
이 불때마다 '순애는 종문이 꺼, 순애는 종문이 꺼, 제일
여상 다니는 순애는 종문이 꺼' 하고 막무가내로 외쳐대
는 통에 시집갈 데가 영 없게 되어버린 그 처녀 순애가
미치고 폴짝 뛰고 환장하다가,

이놈아, 이 원수 같은 놈아 하며, 내게 엎어진 거라

해설

웃음의 눈꼬리에 이슬 맺히게 하는
강한 토속서정의 힘

호 병 탁(문학평론가)

1.

2012년 『유심』 3·4월호에 「작품·독서·독자」라는 제목으로 권두논단을 쓴 일이 있다. 그때 '좋은 시'의 전범으로 소개한 것이 이종문의 「봄날도 환한 봄날」이었다. 그 뒤 이 시는 인구에 널리 회자되었고 나도 이 시에 대해 꽤 입에 거품을 물었던 것 같다. 차제에 다시 한 번 이 시를 노래해 본다.

봄날도 환한 봄날 자벌레 한 마리가 호연정浩然亭 대청마루를 자질하며 건너간다

우주의 넓이가 문득, 궁금했던 모양이다

봄날도 환한 봄날 자벌레 한 마리가 호연정浩然亭 대청마
루를 자질하고 돌아온다

그런데 왜 돌아오나

아마 다시 재나 보다
　　　　　　　　　　　 －「봄날도 환한 봄날」 전문

　"봄날도 환한 봄날 자벌레 한 마리가 호연정 대청마루
를" 자R질하며 건너가고 같은 날, 같은 벌레가, 같은 마
루를 다시 자질하고 돌아오는 정경을 그리고 있는 것이
이 시의 전부다. 단, 자벌레가 왜 대청마루를 건너가고
다시 돌아오는지 그 이유를 짐작하는 것이 부가될 뿐이
다.
　문장은 단 하나의 대척점에 위치한 '건너간다'와 '돌아
온다'의 변화가 있을 뿐 글자 한 자 틀리지 않는 완벽한
반복·병치로 구성되어 있다. 그리고 이런 장치는 건너
가고 돌아오는 이유를 추측하는 당위로 작동한다. 자벌
레는 자신의 움직이는 행위가 '자질'이라는 것도 모르는
미물에 불과하지만 예리한 시인의 눈에는 이 작은 버러
지의 동작이 바로 우주를 '자질'하는 것으로 포착된다.
이 미물은 광대무변한 우주의 넓이에 대해 고민한 일이
없다. 어느 봄날 "문득" 궁금해서 '자질'하기로 결정하고

우주를 건너간다. "그런데" 우주 끝을 향해 가던 자벌레가 다시 돌아온다. 이유는 간단하다. 혹 잘못 잰 건 아닌지 싶어 다시 재는 것이다. 독자의 입을 딱 벌어지게 하는 경이감이 있다. 우리는 이런 놀라움으로 강력한 심미적 쾌감을 얻는다. 동시에 근천맞은 버러지 한 마리의 움직임에서 부끄러움이 없는 용기와 충만한 자유를 보고 자신을 성찰하게 된다.

그 솜씨가 어디로 가겠는가. 아무 데를 펼쳐 봐도 이번 시집의 시편들은 모두가 수준 이상의 균질성을 확보하고 있다. 따라서 인용할 만한 작품을 찾으려 수고할 일도 없다. 우선 첫 번째 작품을 보자.

> 화물연대 부산지부가 총파업을 선언하여
> 이른 바 물류대란이 코앞에 다가오자
> 급해진 중앙 정부가 공권력을 투입했다
>
> 고료도 없는 시를 매일 써온 시인들도
> 드디어 총궐기해 총파업을 선언하고
> 당분간 시 짓는 일을 일체 작파키로 했다
>
> 뭐라고? 그래 봤자 눈도 깜짝 않는다고?
> 천만에, 그럴 리가? 다급해진 대통령이
> 공권력 투입한다며 으름장을 놓겠지 흥,
>
> 이 놀라운 사태 앞에 경악한 대통령이

국가적 위기라며 계엄령을 선포하고
　　정말로 계엄군들을 투입하게 될지 몰라

　　그래 부디 그 계엄군을 투입하라, 투입하라
　　시인들이 작파를 해도 공권력을 투입하는
　　기차고 신명 난 세상, 그게 꿈이니까 얼쑤!
　　　　　　　　　　　　　－「계엄군을 투입하라」 전문

　화물연대가 총파업을 선언하고 물류대란이 터지게 되
자 다급해진 정부는 공권력을 투입한다. 있음 직한 일이
고 실제로 가끔 일어나기도 하는 사태다. '화물연대'니
'총파업'이니 '공권력' 같은 어휘들은 신문 사회면에서나
보는 말이지 시와는 아무래도 어울리지 않는 말 같다.
아름다운 서정을 노래하던 시인이 갑자기 왜 첨예한 현
실 문제를 끄집어내는지 우리는 어안이 벙벙해진다. 그
런데.

　다음 연에서 의외의 사태가 벌어진다. 시인들도 "총궐
기"하고 파업하여, "시 짓는 일을 일체 작파"하기로 하는
것이다. 이런 일은 있음 직하기는커녕, 아예 들어본 일
도 없는 그야말로 전대미문의 사태다. 설령 만에 하나
이런 일이 터진다 해도 어느 누구 "눈도 깜짝 않는다."
그래도 시인은 이런 "놀라운 사태 앞에" 대통령이 경악
하고 "계엄령을 선포"하고 "계엄군들을 투입"하게 될지
도 모른다고 은근한 희망을 피력한다. 아니, 마지막 연

에서는 "부디 그 계엄군을 투입하라, 투입하라"고 반복하여 요청하고 있다. 시인의 파업에 "공권력을 투입하는" 세상이야말로 시인에게는 "기차고 신명 난 세상"이기 때문이다.

그렇다. 시인이 파업을 하든 말든 눈 하나 깜짝 않는 세상에 대통령이 나서서 계엄군을 투입한다면 정말 신나고 살맛 나는 세상이 될 터이다. 그러나 실상 "고료도 없는 시"나 매일 쓰며 스스로 도취하며 사는 사람이 시인이다. '문학성도 없는 문학상'이라고 손가락질하면서도 주기만 하면 달려가 받는 사람이 시인이다. 자기 작품집만은 그 잘나 빠진 유명출판사에서 내고 싶어 안달하는 사람이 시인이다. 수구신문이라 투덜대면서도 그곳에서 원고청탁 오기를 눈 빠지게 기다리는 사람이 시인이다. 이 '고상한 직업'을 가진 사람들은 속으로는 천하를 호령할지 몰라도 세상 바람에는 이리저리 흔들리는 약한 사람이다. 이런 사람들이 "총궐기"해 "총파업"을 한다고? 강한 아이러니가 발생하고 우리는 씁쓸한 웃음을 베어 물게 된다.

그러나 한편으로는 정말 시인들이 시 쓰기를 작파한다면 당장은 별일이 없을 것 같아도 이건 보통 문제가 아니다. '시가 없는 세상'은 인류탄생 이래 어디에도 없었다. 만약 그렇게 된다면 정말 상상할 수도 없는 "국가적 위기"가 아닐 수 없다.

생뚱맞게 '화물연대의 파업'으로 시작된 시는 엉뚱하

게 '시인들의 파업'으로 비약하며 전개된다. 이렇게 의표를 찌르는 의외성은 시의 자력을 강하게 뻗치게 하는 중요한 동력으로 작동한다. 게다가 시인과는 전혀 어울리지 않는 '총궐기'나 '총파업' 같은 예기치 못한 어휘들은 의외성을 촉진시키는 동시에 신선함을 더하는 역할을 하고 있다. 시는 우습기도 하고 서글프기도 하다. 이종문은 시인으로서의 자신의 현재 모습을 돌아보고 또한 모든 시인들 스스로의 모습을 돌아보게 하며 시집의 문을 열고 있는 것이다.

2.

시집 제목이 『아버지가 서 계시네』다. 앉아 계신 것도, 누워 계신 것도 아니다. 물론 동작의 진행 상태인 뛰고 계시거나 춤추고 계신 것은 더구나 아니다. 이미 '서' 계신다는 말에는 어느 한 시점의 이루어진 동작이 나타나 있다. 그렇다면 아버지가 '어떻게' 서 계시는지 그 모습이 문제가 될 것이고, 그 모습의 묘사가 바로 이 시의 얼개가 될 것이다. 한 시집의 표제 작품이라면 매우 중요한 의미를 갖게 된다. 필히 정독의 과정을 거쳐 그 의미를 탐색할 필요가 있다.

순애야~ 날 부르는 쩌렁쩌렁 고함 소리

무심코 내다보니 대운동장 한복판에
쌀 한 말 짊어지시고 아버지가 서 계셨다

어구야꾸 쏟아지는 싸락눈을 맞으시며
새끼대이 멜빵으로 쌀 한 말 짊어지고
순애야~ 순애 어딨노? 외치시는 것이었다

너무도 황당하고 또 하도나 부끄러워
모른 척 엎드렸는데 드르륵 문을 열고
쌀 한 말 지신 아버지 우리 반에 나타났다

순애야, 니는 대체 대답을 와 안 하노?
대구에 오는 김에 쌀 한 말 지고 왔다
이 쌀밥 묵은 힘으로 더 열심히 공부해래

하시던 그 아버지 무덤 속에 계시는데
싸락눈 내리시네, 흰 쌀밥 같은 눈이
쌀 한 말 짊어지시고 아버지가 서 계시네
－「아버지가 서 계시네」 전문

　아버지는 학교 '대운동장'에서, 그것도 운동장 구석이
아닌 '한복판'에서, 그것도 "쩌렁쩌렁 고함 소리"로 딸 이
름을 불러 제끼고 있다. 게다가 새끼 끈으로 멜빵을 댄
"쌀 한 말 짊어지시고", 게다가 "쏟아지는 싸락눈을 맞으
시며" 딸을 불러대고 있다. 선연한 그림이 그려진다. 아

버지는 참으로 당당하다. 내 새끼를 애비가 만나러 왔는데, 내 새끼도 나도 잘못 한 거 하나 없는데 거리낄 게 뭐가 있단 말인가. 게다가 맨손으로 온 게 아니다. 쌀 한 됫박도 아닌 "쌀 한 말"이나 가지고 왔다! 쌀 짊어지고 딸 만나러 온 애비 있으면 어디 나와 보라고 해라!

아버지는 이제 "드르륵 문을 열고" 교실로 들이닥친다. 부끄러워 엎드려있는 딸에게 "니는 대체 대답을 와 안 하노?" 투박한 사투리로 호통을 치지만 대구 오는 길에 "쌀 한 말 지고" 왔으니 "쌀밥 묵은 힘으로 더 열심히 공부" 잘하라고 사랑이 가득 담긴 말로 딸을 격려한다.

이 시의 키워드는 '쌀 한 말'이다. 시적 주인공이 학생 때인 걸 보면 오래전 얘기다. 당시 쌀은 농부에게 생명 그 자체였다. 그 목숨같이 귀한 쌀을 아버지는 자식을 위해 멀리서 대구까지 짊어지고 오신 것이다. 아마 영천의 임고면쯤부터 오셨을 것이다. 교통도 매우 불편할 때 아버지는 그걸 '새끼 끈 멜빵'에 걸어 자신의 등에 짊어지고 오셨다. 눈까지 쏟아지는 날에 말이다. 그 무게 또한 얼마나 무거웠으랴. 장담컨대 '쌀 한 말' 등에 지고 백발자국이라도 걸을 수 있는 사람 요즘 별로 없다.

'쌀 한 말'이란 핵심어휘는 다섯 연에 다섯 번 등장한다. 빠짐없이 연마다 나오는 것이다. 그만큼 '쌀 한 말'은 시인에게나, 화자에게나, 시적 서사의 주인공인 아버지에게나 중요하다. 아버지는 그 무거운 짐을 어디 수위실에 맡기거나 복도 같은 데 잠시라도 내려놓는 법이 없다. 운동장에서 지고 있던 '쌀 한 말'은 그대로 교실까지 올라오고 마침내 마지막 연의 눈 내리는 무덤 앞에서도 아버지는 여전히 그걸 짊어지고 서 계시는 것이다.

시인은 생의 한순간을 스쳐 가는 정경을 강한 심상으로 포착하여 그려내는 붓과 색을 지닌 능숙한 화가다. 그러나 우리는 그가 묘사한 그림으로만 만족해서는 안 된다. 그의 그림 위에 걸쳐진 관념 한 자락을 잡아내야 한다. 물론 그것은 명시적인 것이 아니다. '물에 어른대는 달'처럼 암시적으로 제시되는 것이다. 좀 더 깊게 '쌀 한 말' 짊어지고 오신 아버지의 속내를 들여다보자.

멜빵에 '쌀 한 말' 짊어지고 시골에서 올라와 학교운동장에서 고래고래 딸 이름을 부르는 아버지의 모습은 생각만 해도 우스꽝스럽다. 절대로 양복에 넥타이를 맨 세련된 모습이 아닐 것이다. 그래서 어린 여학생인 '나'는 황당하고 부끄러워 '모른 척' 엎드리고 있는 게 아닌가. 그러나 아버지는 스스로가 자랑스럽다. 또한 공부를 잘해 대도시의 학교에 다니는 딸도 자랑스럽다. 더구나 '쌀 한 말'도 가져왔지만 자신이 누군가. 아들도 아닌 바로 그 딸을 시골에서 대도시에 유학 보낸 당사자가 아닌가.

아버지는 교실문도 조심스럽게 여는 게 아니라 자긍심에서 오는 당당함으로 '드르륵' 요란스럽게 연다. 아버지의 이런 호기로운 모습과 바로 이런 아버지의 모습이 부끄러워 엎드려 있는 딸의 모습은 아주 대조적이다. 그러나 둘 다 충분한 개연성을 가진 모습이다. 그리고 이렇게 극명하게 대비되는 두 모습은 또 다른 웃음을 유발한다.

우리는 아버지의 우스꽝스러운 모습과 행동에 글을 읽으며 절로 미소 짓는다. 그러나 한편 그런 행동을 야기하는 자신감에 찬 아버지의 속내를 들여다보면서 결코 웃을 수만은 없는 도저함과 엄숙함을 또한 느낀다. 그는 위선도 거짓도 모른다. 비록 가진 것, 배운 것 많지 않지만 자기가 농사지은 것으로 식구들 먹이고 자식까지 가르치는 떳떳한 사람이다. 당연히 부끄러움이 있을 수 없다. 이런 당당한 '인간적 진실'이 글에는 어른대고 있는 것이다.

마지막 연은 은유적이지만 이런 관념이 결정적으로 드러난다. 지금까지 학교운동장과 교실에 고정되어 있던 시인의 카메라 앵글은 시·공을 뛰어넘어 이제 눈 내리는 아버지 묘소 앞으로 이동한다. 쏟아지는 싸락눈은 흰쌀밥 같고, 그 눈 속에 아버지가 '쌀 한 말' 짊어지고 서 계신다. 옛날 남에게 부끄러워했던 아버지의 모습이다. 그러나 그 모습이야말로 진정 '진실한 삶이 무엇인가'를 확실히 보여주는 생생한 사건이었고 가르침이었다. 아버지를 그리워하는 화자의 애틋한 마음이 간절하다. 이 시를 읽기 시작하며 이 시는 아버지가 '어떻게' 서 계시는지 그 모습이 문제가 될 것이라고 언급한 바 있다. 아버지는 '쌀 한 말' 짊어지고 서 계셨다. 그리고 『아버지가 서 계시네』라는 시집제목은 바로 『아버지가 '쌀 한 말 짊어지고' 서 계시네」의 준말이었다.

쌀 한 말! 참 정겹고 고마운 말이다. 미소 끝에 코끝을 찡하게 만드는 말이다. 시인이 시의 연마다 빠뜨리지 않고 쓰는 말이다. 필자도 작품을 읽는 동안 시인의 문체를 닮아 가는가보다. 이글에서 필자가 '쌀 한 말'이란 말을 몇 번이나 불러대고 있는지 헤아려보면 안다. 그만큼 이 시는 독자를 사로잡는다.

3.

'진주라 천 리 길'이란 노래 가사를 '진주까지 사백 킬로 길'이라고 해도 같은 뜻이 되지만 다가오는 정취나 리듬의 차이는 판이하다. 원래 시 언어는 부대끼는 삶에 밀착된 절실한 정감을 토로하는 직정적直情的인 말이었다. 당연히 그것은 민중의 생활언어와 직결되었을 터이다. 중요한 점은 이런 말들은 대개가 성장 과정에서 익힌 가장 오래전부터 알고 있고 잊히지 않는 정감 있는 토착어라는 것이다. 심층에 자리 잡고 있어 그만큼 친화력과 호소력이 강한 말이기도 하다. 이종문은 이런 말을 —의도적으로—능숙하게 부린다.

당장 위 「아버지가 서 계시네」에서도 이런 말은 여기저기 발견된다. 눈이나 비가 많이 올 때 쓰는 '어구야꾸'와 같은 의태어, '새끼대이'와 같은 독특한 명사 '어딨노?'

'안 하노?'와 같은 의문종지형, '묵다'와 같은 동사, '공부 해래'와 같은 명령형이 종횡무진 구사되고 있다. 놀랍게 도 시인이 동원하는 질박하고 힘찬 언어들은 우리네 삶 의 싱싱한 존재의식을 강하게 환기시킨다. 시에서의 이 런 언어사용은 특별히 눈여겨 봐야할 부분이다.

시인 이중기 형의 양아버지 되는 분은 삼사 대 양자 집 에 또 양자로 들어가서 세상에 딸-딸-딸-딸-딸, 딸 다섯 을 낳았다요

미치고 환장하고 애간장 탄 그 어른이 용하다는 점쟁이 게 점을 치러 갔는데요, 이사를 하지 않으면 아들 數가 없다 네요

급기야 이사를 가 또 딸 셋을 내리 낳고 제발 아들 빌고 빌며 아홉째를 낳았는데, 아 글쎄 딸 쌍둥이가 튀어나왔다 카더라요

눈물로 온 집안이 뒤범벅 되었는데 내 일이 아니라고 호 호 하하 웃지 마요, 그래도 자꾸만 웃네, 웃지 말라니까 글 쎄

－「웃지 말라니까 글쎄」 전문

시인은 시제에서 부터 "웃지 말라"고 요구하고 있지만 우리는 이 글을 보며 웃지 않을 수 없다. 이 시는 특별한

분석을 요하지 않는다. 누구나 쉽게 이해가 된다. 그러나 단지 '토착 언어의 힘'으로만 우리의 정서를 격동시키는 장치가 내재하고 있다.

양자 집에 또 양자로 들어간 양반이 "세상에" 딸 다섯을 낳았단다. 이 양반 정말 "미치고 환장하고 애간장" 탈 수밖에 없었을 것이다. 점쟁이 말대로 이사를 하였지만 또 딸 셋이나 "내리" 낳고, 아들을 간절히 빌며 아홉째를 낳았는데, "아 글쎄" 또 딸이, 그것도 쌍둥이가 "튀나왔다 카"니 어찌 이런 일이.

여기까지가 시적 서사다(이종문의 시는 짧지만 거의 모든 작품에 서사가 담겨있다). 시인은 직접화법을 쓰고 있지만, 서사는 들은 얘기를 다시 전언하는 형식을 취하고 있다. 당사자에겐 '기막힌 얘기'지만 남이 볼 때는 '웃기는 얘기'이기도 하다. 그래서 시인은 마지막 연에서 자꾸만 웃지들 말라고 직접 나서고 있는 것이다.

필자가 앞에서 인용한 다섯 개의 말이 바로 이 시에서 우리의 정서를 때리는 장치가 될 것이다. "세상에"는 기가 막혀 어처구니없을 때 절로 튀어나오는 말이다. "미치고 환장하고 애간장" 탄다는 말은 말 그대로 간과 창자가 뒤집히고 타들어 갈 정도로 초조하고 안타깝다는 소리다. "내리"는 '연속하여'를 말하는 것이고, "아 글쎄"는 어떤 놀랄 만한 얘기를 들려주기 전에 잠깐 뜸 들이는 소리다. "튀나왔다 카더라"는 '튀어나왔다고 하더라'의 경상도 방언이자 '태어났다 하더라'의 질박한 토속어

이기도 하다. 이 언어들은 모두 기층언어다. 후기 습득의 교양언어가 아닌 것이다.

이런 기층언어基層言語들은 서사와 맞물리며 정서효과를 급격히 상승시킨다. 첫 연의 "딸—딸—딸—딸—딸, 딸 다섯"과 같이 딸의 숫자대로 딸—물론 기층언어다—을 호명하고 나열함으로 우리는 시청각적으로 '많은 딸'을 직접 실감한다. 더구나 '내리' 딸 셋을 더 낳고, 마지막에는 딸 쌍둥이가 '태어'나는 게 아니라 '튀어'나온다. 이 역동적인 언어에 우리는 터져 나오는 웃음을 어쩌지 못한다.

이런 예는 시편의 도처에서 산견된다.

푸세식 변소에서 일을 보던 영감쟁이가 "똥통"에다 반지를 빠뜨리고 그걸 손으로 건지려다가 "똥통 위에 엎어"진다. 그 영감 지난봄 "불구디에 드가더니" 재가 되어 뒤로 "폭삭" 주저앉았다.(「반지」) 똥통에 '빠지는 게' 아니다. 아예 그 "위에 엎어"진다. 그냥 주저앉는 게 아니다. "폭삭" 주저앉는다. "불구디에 드가더니"는 '불구덩이에 들어가더니"의 방언으로 '죽었다'는 말에 다름 아니다.

'함께 죽을 테니'라는 말도 "함께 골로 갈 테니"다(「복어」). 깡통을 차도 "냅다 걷어차고" 싶다(「중복中伏」). '발라' 놓는 것도 "처발라" 놓는다(「이럴 때는 우는 기다」). 싸우는 것도 "맞장 뜨는" 것(「지팡이 톡, 부러지네」)이고, 상금을 나눠줘도 "싹둑 잘라" 갈라준다(「그 절반을 잘라주게」). 연동댁은 문어장수와 "사바사바" 하고 있다(「도다리 회 묵고 있네」). 이 말은 둘이 남몰래 '통정'하고 있다는 소리다.

시인에게 폭포는 "치고박고 내달"리는 것으로 보이고
(「폭포」), 백로는 "대가리"를 높이 쳐들고 포클레인은 "아
가리"를 딱 벌리고" 있다(「아가리를 딱 벌리고」). '머리'는
'대가리'가 되고 '입'은 '아가리'가 되어야 직성이 풀리는
것이다.

시인은 경북 영천에서 태어나 그곳에서 성장한 것으로
알고 있다. 당연히 시인의 가슴에는 성장하면서 습득한
기층언어가 남아있을 것이다. 어린 시절은 누구에게나
'잃어버린 낙원'이 된다. 농촌 출신은 들 풍경을, 어촌 출
신은 바다 풍경을 좋아하게 마련이다. 언어학자들에 의
하면 열두 살 전에 익힌 언어가 모어母語가 된다고 한다.
뒤에 익힌 언어는 평생을 쓰더라도 제 2언어에 불과하
다. 표준말만 쓰는 아나운서도 다급하면 자신도 모르게
'사투리'가 튀어나오는 것도 이런 이치다.

위의 여러 예처럼 시인이 구사하고 있는 영남 사투리
는 강한 정서적 상황에서 저절로 튀어나오는 개인적 차
원의 기층언어이기도 하다. 바로 이런 언어가 겨레의 생
활과 가장 밀착되어 있는 토착어다. 의식이 미치지 못하
는 심층에서 우리의 정감과 태도를 결정하며 느닷없이
발화되는 언어인 것이다. 어린 시절에 습득한 기층언어
일수록 풍요로운 친화력과 강렬한 호소력이 배가된다.
우리가 이종문의 시를 읽으며 저절로 넘치는 정겨움과
친근감에 젖어들게 되는 연유다.

4.

이종문의 많은 시편에서는 강한 '선禪'의 자장磁場이 느껴진다. 선에서는 '불성佛性'을 철학 상의 사변적 실체가 아닌 그저 세상 사람의 소박하고 진실한 마음으로 파악한다. 일상생활에서 부단히 유동하는 보통사람의 마음인 '당하지심當下之心'을 깨달음의 주체로 내세우는 것이다. 선에서의 부처는 현실세계에서 만나는, 먹고 싸고 자는 구체적 인간이다. 그것은 심산유곡의 선방에 있는 것도 아니고 대웅전 안에 금색 칠하고 장엄하게 앉아있는 것도 아니다.

시인에게 깨우침에 이르는 여정은 수행과 고행의 길이 아니다. 들꽃 보며 들길을 걷는 정도다. 그러나 그것은 격죽擊竹 소리처럼 느닷없이 다가온다.

좀 다급한 일이 있어 후닥닥 나갔더니 앞집 아가씨의 뒤태가 보였는데 이십 층 승강기 문이 그만 왈칵 닫힌다

어찌할 수가 없어 한참을 기다리다 내려가서 자동차에 시동을 걸려 하니 열쇠를 안 가져 왔다, 우와 이거 열 받겠다

돌아가니 승강기는 이미 올라가고 있고 돌아오니, 승강기는 이미 내려가고 있고, 돌아온 승강기 타니 층층마다,

다 선다

　신호등도 하필이면 붉은 등에 죄다 걸려 천신만고 끝에
학교에 도착하니 이번엔 연구실 키를 입던 옷에 두고 왔다

　이 세상 모든 꽃들 아예 지랄발광인데 바쁜 척하지 마라
아마 그런 뜻인 갑다, 차라리 잘됐다 그래, 봄꽃놀이 가자
야호!

─「아마 그런 뜻인 갑다」 전문

　급한 볼일이 있어 서두르는 것은 누구에게나 있는 흔
한 일이다. 그럴 때일수록 세상은 방해 놓기로 작정하기
라도 한 듯 답답하게 군다. 이십 층이나 되는 아파트의
승강기 문이 다가서자 막 닫혀버린다. 한참 기다렸다 내
려가 자동차 시동을 걸려니 열쇠를 깜빡했다. 집에 있는
열쇠를 다시 가져오는 과정에서도 승강기는 그때마다
엇박자를 낸다. 길에서는 빨강 신호등에 족족 걸린다.
겨우 학교에 도착하니 연구실 열쇠를 입던 옷에 두고 왔
다. 정말 환장하고 폴짝 뛸 일이다.
　시인은 특유의 그 '펄펄 뛰는 가락'으로 이 속 터지는
상황을 네 연에 걸쳐 단숨에 묘사한다. 따라 읽는 독자
들도 어느 틈에 열을 받고 있다. 연구실문짝을 발길로
차버리기라도 해야 할 듯싶다. 그러나 마지막 연에서 우
리는 예상치 못한 결과에 입을 벌린다. 시원한 격죽 소

리를 듣게 되는 것이다.

승강기가 꾸물대고 신호등이 길을 막고 열쇠를 잊는 것은 항시 발생하는 사소한 일들이지만 우리를 짜증 나게 만드는 것 또한 사실이다. 이런 것들도 우리를 압박하는 삶의 한 부분들이 되는 것이다. 그러나 화자는 이에 짓눌리지 않는다. 역발상으로 이런 열 받는 연속적인 일이 괜히 "바쁜 척하지 마라"라는 뜻으로 일어난 것으로 간주하고 "차라리 잘됐다"고 생각한다. 그리고 통쾌한 결정을 내려버린다. 때는 꽃이 지천으로 "지랄발광"하는 봄이다. "그래, 봄꽃놀이 가자" 따라서 화자의 마지막 발언은 '썅!'이 아니라 신나는 "야호!"가 되는 것이다. 이것이 바로 깨우침이다.

화자의 깨우침은 오랜 사유와 성찰 끝에 얻어진 결과가 아니다. 그것은 돌발적인 현장성과 즉흥성에 기인하고 있다. 고금에 회자되는 유명한 선구가 있다. "봄이오니 풀이 저절로 푸르다!(春來草自靑)" 불법대의佛法大意가 뭔지에 대한 질문에 답으로 대신한 이 선구禪句는 자연에 대한 심미에서 체득한 생명에 대한 경외이며 감탄에 다름 아니다. 마찬가지다. 봄이 되니 "세상 모든 꽃들"이 스스로 "지랄발광"하고 있다. 선은 생명의 가치에 대한 대긍정이다. 철저한 이런 인식이야말로 지혜의 획득이고 보리菩提의 파악이다. 그런데 주목할 점은 이런 생명에 대한 각성이 화자에게는 과학적·논리적 이론이나 분석에 의해 파악되는 것이 아니라 봄꽃에 근거해 '당하

즉오當下卽悟', 즉 당장의 즉각적인 깨달음으로 온다는 점이다.

나같이 우둔한 사람은 어쨌을까. 열 수 없는 연구실 문짝에 더 열 받아 그걸 힘껏 걷어찼을 것이고 그 결과는 우선 내 발등만 아팠을 것이다. 만약 너무 세게 차 문짝이 부서졌다면 내 일은 그걸 고치는 수고와 경비를 감당하는 것뿐이었을 것이다.

> 어릴 때 그 우람턴 동구나무 그늘 아래 하얀 모시옷 입고 흰 수염을 나부끼며 흰 구름 바라보시던 우리 동네 어르신들

> 저 하늘 밖 이치까지 환하게 다 꿰뚫었을 그 신선 같은 분들 담소談笑를 나눌 때면 그 무슨 고담준론高談峻論인지 그게 정말 궁금했네

> 내 환갑을 넘고 보니 이제 대강 알 것 같네
> 허리가 아프거들랑 동원한약방에 가고 천식엔 마늘을 구워 먹어보란 얘기였네
>   ─「이제 대강 알 것 같네」 전문

"하얀 모시옷 입고 흰 수염을 나부끼며 흰 구름 바라보시던" 어르신들의 모습은 생각만 해도 "하늘 밖 이치까지 환하게 다 꿰뚫었을" 신선의 지경에 이른 모습이다. 당연히 그분들이 서로 웃으며 하는 이야기는 정각正

覺의 지혜를 나누고 있는 고담준론으로 느껴졌을 것이다. 세월이 흐르고 화자도 환갑이 넘었다. 어릴 적 뵌 그분들의 나이가 돼가는 것이다. 그리고 이제 깨닫는다. 그들이 나누던 고담준론은 실상 '천지만물의 이치'가 아니라 "허리가 아프거들랑 동원한약방에 가고 천식엔 마늘을 구워 먹어보란 얘기"였다. 이 말은 결국 평범한 노인네들의 평범한 섭생攝生 논의에 불과하다. 특유의 통렬한 해학이 작렬한다.

시인의 깨우침은 '두타행頭陀行'의 고행이나 '장좌불와長坐不臥'의 좌선에서 얻어진 것이 아니다. 꽃이 피고 지고, 또 피고 지고, 그렇게 자연의 섭리대로 세월이 흘러갔다. 그리고 그 섭리에 따라 나이도 들어갔다. 그렇다 보니 세상 이치를 '대강'은 알 것 같다. 대강 알겠다는 말은 어디까지나 시인의 겸양이다. 꽃이 피고 지는 자연현상은 우주의 섭리를 따르는 '자유자재'함이다. 그 안에 거居하는 것이야말로 보통사람의 현실적이고 구체적인 마음이다. 시인의 깨침은 동네 어른들의 평범한 말씀을 신선의 고담준론과 동격으로 만든다. 선禪은 대장경이나 산사의 법당이 아니라 바로 고향의 "동구나무 그늘 아래"에 자리하고 있었던 것이다.

실상 요통과 천식을 걱정하는 고향 어른들의 말씀은 건강하게 오래 살기를 꾀하는 일종의 '섭생' 방안의 하나다. 섭생은 '양생養生'이나 같은 말이다. 그리고 양생은 도교 신선술의 핵심요소다. 단 어법이 달랐을 뿐이다. 예로 '항문 조이기'는 예부터 전해오는 양생술 비법 중의 하나다. 이를 '괄약근 수축·이완의 반복'이라고 하면 고담준론이고 '똥구멍 옴찔거리기'라고 하면 무식한 백성의 막말인가. 표현이 다를 뿐 그게 그 말이 아닌가. 개인적으로 나는 후자가 오히려 '즉심즉불卽心卽佛'이란 말의 '즉심', 즉 '마음 그대로'가 직방直放으로 발화된 것으로 느껴진다.

5.

'즉심즉불'의 핵심사상은 '평등'이다. 내적으로는 정토인 '피안의 세계'를 부정하고 중생의 현실인 '차안의 세계'를 중시한다. 인간은 선천적으로 자신인 '나'의 마음속에 불성을 지니고 있고 그것의 주재자가 된다. 그리고 '나'는 수많은 중생의 일원이다. 보통사람의 마음이 곧 부처라고 봄으로서 중생의 진정한 해탈의 길을 연다. 외적으로는 인간 위에 군림하고 족쇄를 채우는 어떤 외재적 권위도 배격한다. 진인, 상제, 선인 등의 권위를 부정한다. '즉심즉불'이 강조하는 권위부정은 철저한 인본주의 사상으로 이어진다. 경전도 결국 인간이 만든 것이다. 성현도 인간이 있은 후 생긴 것이지 하늘에서 뚝 떨어진 존재가 아니다. 이른바 '범성일여凡聖一如'의 평등사상이다. 임고면 동구나무 아래 하얀 모시옷 입고 흰 수염을 날리던 어르신들이 바로 신선이며 그분들의 말씀이 만물의 이치를 논하는 고담준론에 다름이 아니었다.

여기까지 쓰다 보니 갑자기 쌀 한 말 짊어지고 학교운동장에서 딸 이름을 불러대던 순애 아버지가 떠오른다. 그는 해 뜨면 들에 나가 일하고 해 지면 집에 돌아와 식구들과 휴식했다. 철 따라 옷 갈아입고, 철 따라 자기가 농사 진 것을 먹었다. 해와 달의 운행, 계절의 변화에 순응하며 우주자연의 이치에 따라, 그 한 부분으로 살았다. 그야말로 천인합일의 경계에서 '임운자연任運自然'하며 사는 생명력 넘치는 농사꾼이었다. 그래서 그는 자유롭고 당당하다. 임금님의 힘이 그에게 무슨 상관이 있단 말인가. 따라서 그는 쩌렁쩌렁 딸 이름을 불러 댈 수 있었던 것이 아닌가. 선사의 우렁찬 목소리가 들리는 것 같다. 언제 어디서나 거리낌 없이 진정한 인간적 진실을 보여주는 그의 모습에서 또 다른 선사의 모습을 보는 것 같다.

이종문은 얼마든지 일어날 수 있고 볼 수 있는 소소한 일상의 '평범함'에서 강력한 자장을 뿜어내는 '비범함'을 포착해낸다. 그 과정에서 그가 구사하는 언어는 언제나 친화력과 호소력 넘치는 토착어이고, 문장은 해학으로 전개되고 그 속도는 민첩하다. 우리는 절로 웃게 된다. 그러나 웃음의 눈꼬리에 맺히는 이슬 또한 어쩔 수 없이 감지하게 된다. 그는 추상적이고 사변적인 인식의 발화에는 고개를 홱 돌려버린다. 늘 보통사람의 현실적이고 구체적인 마음을 염두에 두고 있기 때문이다. 그에게 깨우침은 초탈이나 달관처럼 특별 난 게 아니다. "흰 구름 이불 속에 벌렁 드러누운 채로 두 팔을 베게 삼아 드렁드렁 코를 골며 한 사날 잠" 푹 자고 "깨고 나니 의자 위"였다(「깨고 나니 의자 위데」). 여름엔 비 뿌리고 겨울엔 눈 휘날린다. 그에겐 그게 호시절이다. 당연히 호시절은 계속될 것이고 흐벅지고 깊은 서정은 더욱 짙어 갈 것이다.

전화로 몇 번 안부는 나누었지만 아직도 시인과 직접 대면은 하지 못했다. 이 글을 끝내고 한 수 배우러 대구 가는 차에 올라타야겠다.